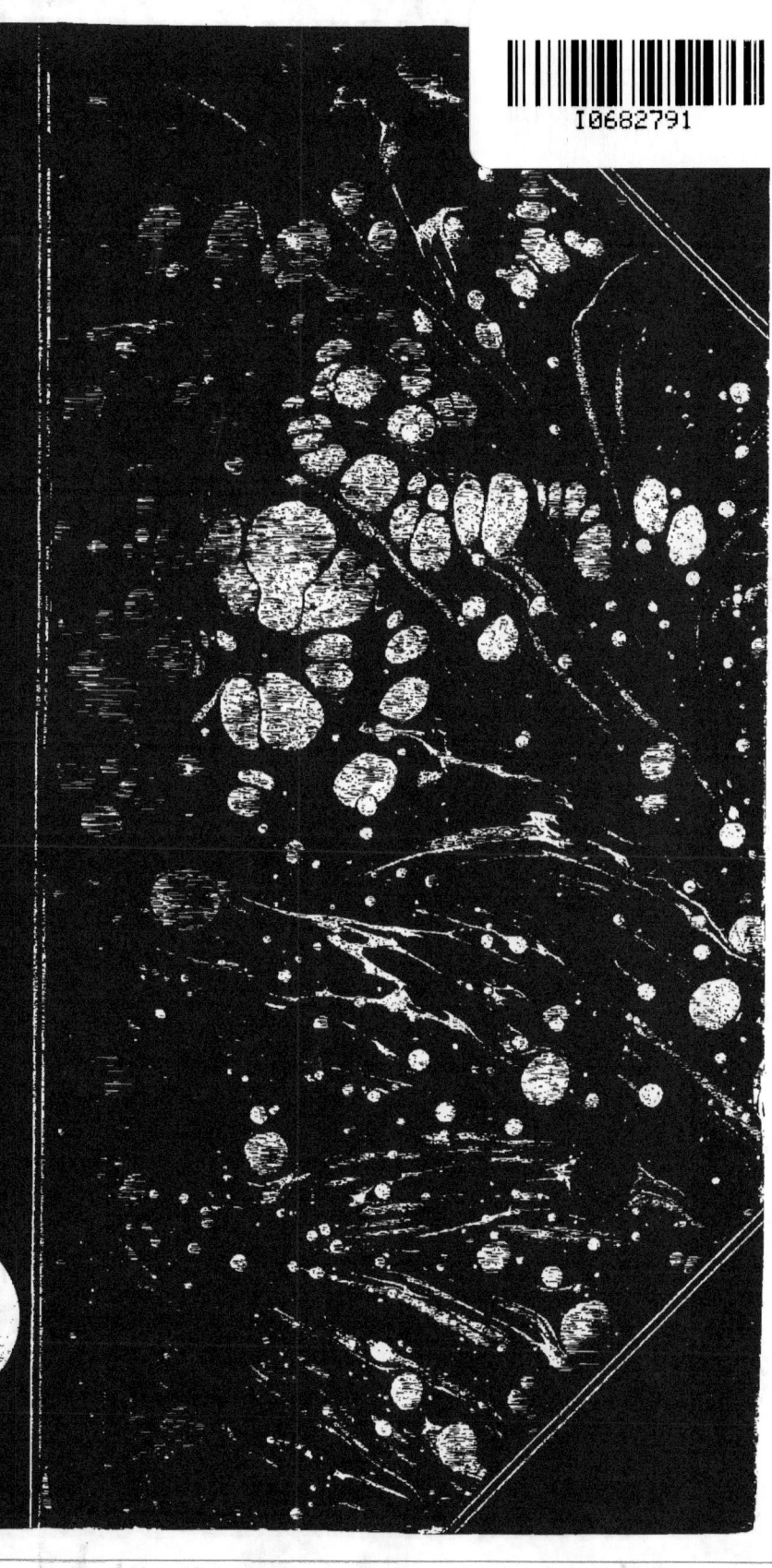

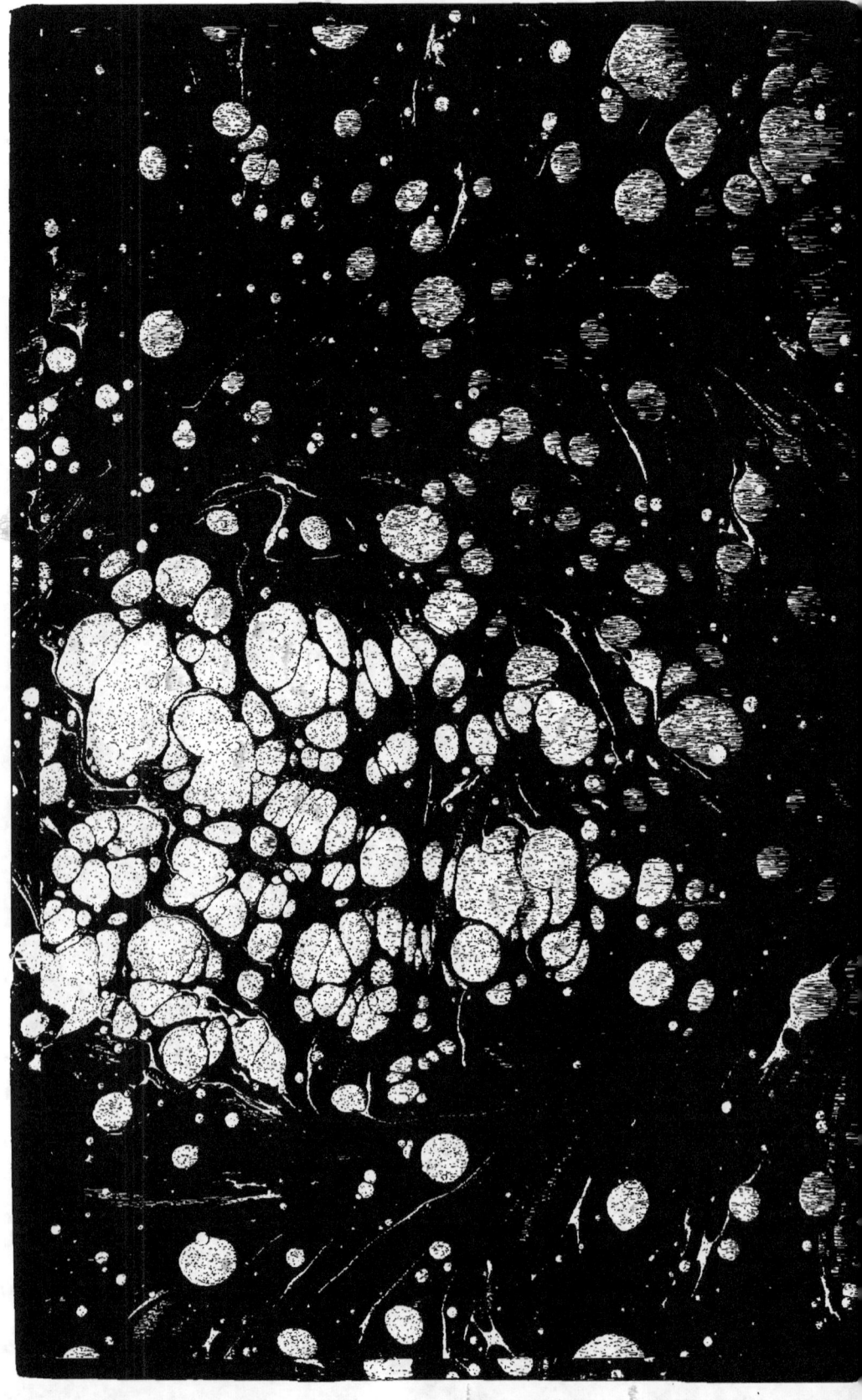

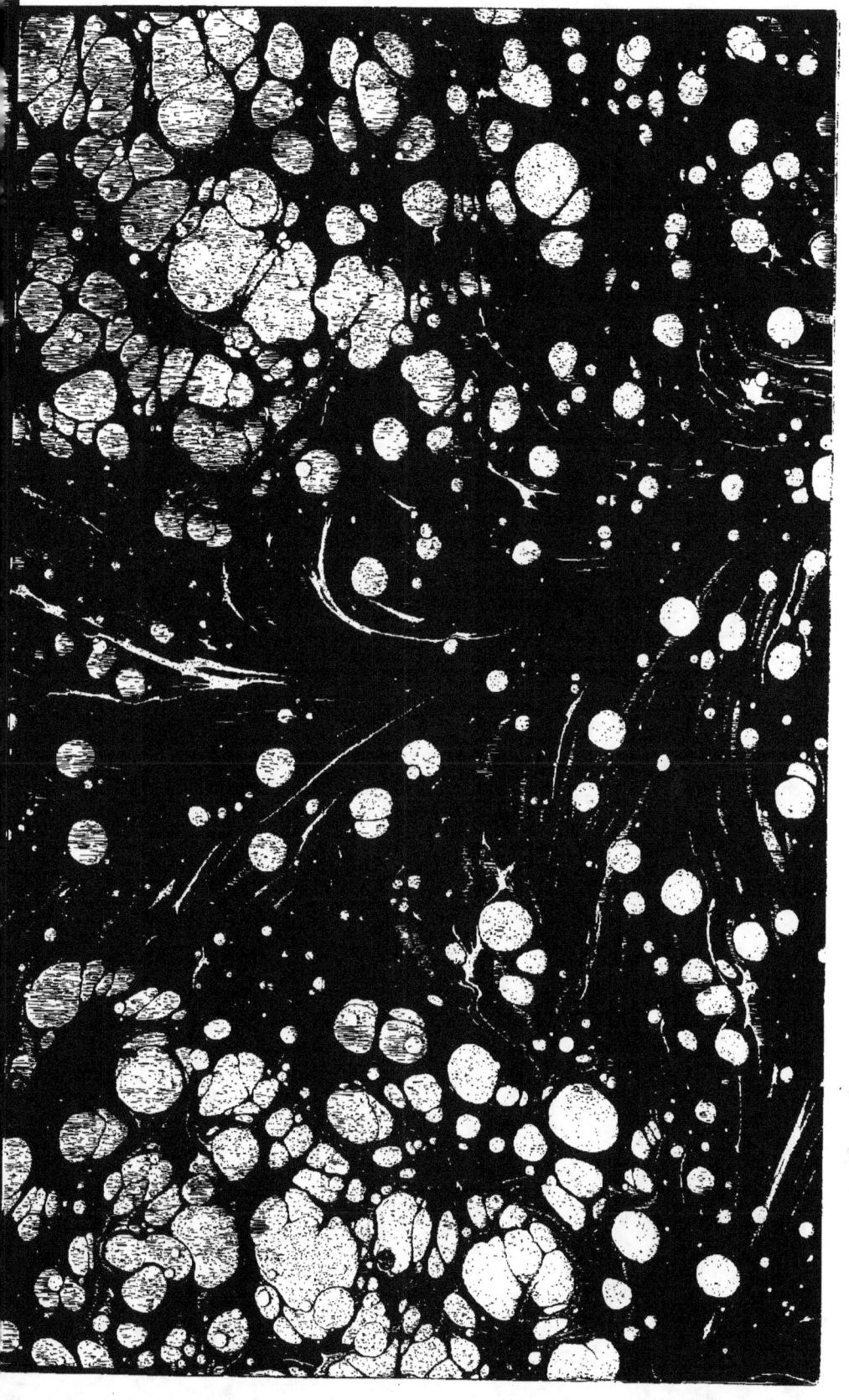

QUELQUES MOTS

À PROPOS

DE L'ESSAI DE GRAMMAIRE

DE LA LANGUE BASQUE

DE M. W. J. VAN EYS.

ε

QUELQUES MOTS

A PROPOS

DE

L'ESSAI DE GRAMMAIRE

DE LA

LANGUE BASQUE

DE

M. W. J. VAN EYS.

Extrait du COURRIER DE BAYONNE *du 9 Février 1868*

BAYONNE,

IMPRIMERIE DE VEUVE LAMAIGNÈRE, RUE CHEGARAY, 39.

—

1 8 6 8.

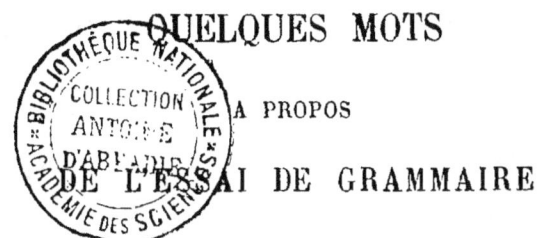

QUELQUES MOTS

A PROPOS

DE L'ESSAI DE GRAMMAIRE

DE LA LANGUE BASQUE

DE M. W. J. VAN EYS.

Sous le titre qui précède, il parut en 1865, à Amsterdam, un ouvrage sans nom d'auteur. Cet écrit de peu d'étendue ne renfermait que des notions incomplètes, et pouvait être considéré comme un résumé d'idées suggérées par la lecture des travaux que Lardizabal et le P. de Larramendi ont laissés sur la langue basque Il n'était pas irréprochable ; mais plus d'une fois ses erreurs ne lui appartenaient pas, il les répétait de confiance. Y avait-il là des motifs d'excuse suffisants, ou fallait-il que la critique se montrât sévère contre cette ébauche grammaticale ? — Ces considérations ne subsistent plus aujourd'hui que l'auteur, M. van Eys (il nous donne son nom dans une édition nouvelle), est venu au Pays Basque faire une excursion après laquelle, suffisamment instruit sans doute, il a refondu son écrit et s'est posé en docteur.

Tenter, soit même dans un *Essai*, d'établir les règles d'un idiome qu'on ne possède pas encore, c'est se hasarder dans une entreprise très-scabreuse pour le moins. Les Basques sauront bien à quoi s'en tenir sur cette œuvre prématurée ; mais, de nos jours, leur langue est plus étudiée en Europe qu'elle ne le fut jamais, et les hommes qui s'en montrent curieux ne sont-ils pas exposés, par ce titre de *Grammaire*, à donner créance à l'*Essai* et à lui attribuer une autorité qu'il ne comporte pas ? — C'est ce que l'on a considéré, et pour cette raison j'ai accepté la charge de faire l'examen du livre de M. van Eys.

—

Les études grammaticales semblent appartenir à cet ordre de travaux intellectuels d'une perfectibilité inépuisable. Chaque jour voit éclore un traité nouveau remaniant la grammaire des langues le mieux connues. Celle de la langue basque est, non-seulement susceptible d'amélioration, mais encore a grand besoin d'être corrigée et complétée sur un plan nouveau. Aussi, M. van Eys ne se fait-il pas faute de condamner tous les traités qui ont précédé le sien ; à ses yeux, ce ne sont que des « amas de règles incohérentes et contradictoires » ; et c'est sans doute pour les remplacer qu'il veut tracer « une esquisse à grands traits qui soit plus en rapport avec le caractère de la langue. » — Le jugement est dur, l'engagement un peu téméraire.

— .

Le caractère éminent de la langue basque éclate tout d'abord dans l'unité de sa conception. — Unité de déclinaison : tous les noms, quelle que soit leur nature, obéissent à une règle commune, et c'est de la règle qu'ils reçoivent leurs formes. — Unité verbale : une seule conjugaison réunit les modes d'exprimer l'idée *agissante* ou *passive*, l'*état* ou le *mouvement*; *da* (il est), *du* (il a), dans ces deux formes se concentre le génie créateur du système de conjugaison. — Aucune grammaire n'est moins embarrassée d'exceptions que la grammaire basque. Aussi, dès que l'on a saisi la clef de la déclinaison et de la conjugaison, les grands problèmes sont résolus, tout se simplifie, et l'on ne tarde pas à se rendre maître de la langue. Une méthode qui rende facilement accessible à l'esprit le jeu de ce double système est donc la fin que le grammairien doit se proposer.

M. van Eys aurait-il atteint ce but si désirable ? — Pour essayer de l'aborder, il faudrait une connaissance approfondie de la langue, et cette condition essentielle fait défaut à l'auteur. Au lieu d'une vue d'ensemble prise de haut, du décousu, beaucoup de détails secondaires et trop souvent inexacts, voilà ce qu'on trouve dans son œuvre.

Au chapitre 1er, traitant de l'orthographe, M. van Eys a le mérite de se rallier au système rationnel qui fait son chemin et auquel appartient l'avenir. Il examine la nature phonique des lettres usitées dans les livres écrits en dialecte guipuscoan. On voit que les bonnes informations lui ont manqué quelquefois. Entr'autres choses, il généralise l'usage de la *jota* espagnole; il est exceptionnel. Il assure aussi que le *v* se prononce « comme en français ou en espagnol ». D'abord, et malgré leur Académie, les Espagnols font, dans la prononciation de cette lettre, une confusion qui ne permet pas qu'elle soit prise pour exemple ; en second lieu, le son français du *v* n'est connu d'aucun dialecte basque, et les écrivains qui emploient ce caractère le prononcent eux-mêmes comme le *b*.

« Devant *k*, *r*, *l*, le *n* est élidé » (chap. II). — L'élimination euphonique du *n* devant le *k* et le *l* est une rareté et non la règle : de *min* (vif) on fera *minki* (vivement), et non point *miki* ; de *ehun* (cent), *ehunka* (par centaines), et non *ehuka*. De même, on dira *egon-lekhua* (demeure), *etzanlekhua* (couche), et non pas *egolekhua*, etc. — Pour ce qui est du *r* suivant un *n*, la règle est toute opposée à celle que suppose l'*Essai*. Cette coïncidence des deux lettres ne peut avoir lien que dans la déclinaison qui a des flexions à *r* initial. Quand on doit les appliquer à un nom terminé par le *n*, on ne supprime rien, l'euphonie intercale la voyelle *e*; *on* (bon) fera *on-e-rat* (au, vers le bon). Au reste, cette règle n'est pas une particularité propre au *n* ; elle est indiquée toutes les fois que dans la déclinaison une consonne finale de nom rencontre une consonne initiale de flexion. Les exemples contraires produits par M. van Eys sont sans base ; *non* est au cas que l'on appelle *positif indéfini*, et signifie *où, dans quel lieu;* son thème est *no*, qui fait *nora* (vers quel lieu) d'une manière parfaitement régulière; il ne remplace pas *nonra*, comme dit l'auteur. On en trouve la démonstration dans les noms de lieux déclinés : *Larresoro* (Larressore), *Larresoron* (à, dans...), *Larresorora* (à, vers...) ; *Biarno* (Béarn), *Biarnon*, *Biarnora*, etc., etc.

Le *r* « après les lettres *z*, *n*, devient *d*. *Raño*, suf- « fixe, *jusque*, avec *egun*, *aujourd'hui*, fait *egundaño*. » — Le prétendu suffixe *raño* n'existe pas. *Egundaño*, ou comme nous disons sans mouiller *egundaino*, est un mot composé et contracté ; déliez la contraction, et les mots, rétablis dans leur entité, seront *egunera dino*. — Ce qui est dit du changement de *r* en *d* devant le *z*, ne repose pas sur un meilleur fondement; les exemples cités pour appuis sont de fausse application. « Le dialecte basque francais a les deux formes *erastea*, *edastea*, parler. » Cette variante existe-t-elle ? où ? Lors même que cela serait, la thèse n'en tirerait nul avantage, puisque le *r* dans *erastea* n'est pas en contact avec le *z*. Le second exemple, *igaz daño*, se décompose de la même manière que *egundaino*, par *igazera dino*. Toutefois le *z* peut se trouver en face du *r* dans la déclinaison, et alors, en vertu de la règle précitée, on intercale un *e* euphonique.

M. van Eys dit encore au sujet du *r* : « A la fin d'un « mot il est toujours redoublé quand suit l'article ou un « suffixe commençant par une voyelle. » — Le *r*, s'il est rude de nature, ne subit pas d'altération, quelle que soit sa situation. Quand il est doux, le contraire de ce que dit l'*Essai* est de règle. Ainsi, *ur* (eau) est l'in-

déterminé de *ura; zur* (bois de charpente) est le
thème de *zura;* dans *ura, ur eztia, zura, zur ederra*,
le *r* se prononce comme en français dans *Uranie*. —
De doux , ce *r* peut cependant devenir rude ; il faut
pour cela que le mot commence, non par une voyelle,
mais par une consonne. Le même fait se représente
quand le *r* termine une phrase ou un membre de
phrase. Il n'y a là rien de phénoménal, tout est d'ordre naturel ; dans les cas rapportés, le *r* devient forcé-
ment rude ; le *r* dans *ur zikhina* , *bi zur*, ne saurait
être prononcé avec douceur comme dans *oro*, *ur ona*.
Le *r* doux devient encore rude lorsque la voyelle initiale du mot qui suit est avoisinée par un second *r*
doux, par exemple dans *zur arina*. Je ne sais s'il y a
dans la langue dix mots qui soient affectés par ces observations, et voilà les minuties au milieu desquelles
vague l'auteur, tout en prétendant tirer les lignes d'une
« esquisse à grands traits » . Cette remarque se trou-
verait tout aussi bien placée en maint autre endroit ; la
répéter serait inutile.

Le chapitre III est consacré à la déclinaison. M. van
Eys avait conçu un paradigme de trois cas : il cherche
encore à accréditer son opinion. C'est lutter contre
l'évidence ; la déclinaison basque déborde de toutes
parts le cercle étroit où on voudrait l'enfermer. L'eu-
phonisme lui impose certaines règles : M. van Eys
s'en impatiente , il se cabre devant les faits, il refuse
de les reconnaître : *Systèmes préconçus* , s'écrie-t-il ,
règles confuses, arbitraires, élaborées dans le cabinet

d'étude. Repoussant ce qui est certain, il court après l'imaginaire : « Il paraît, dit-il, que le basque français a un pluriel indéfini. » — L'indéfini, dans le nom, n'a pas de nombre ; comment en aurait-il, puisque le nombre le renverse et le transforme en défini? On connaît des classes de noms dans lesquels la loi euphonique rend des cas indéfinis semblables à des pluriels définis ; c'est ce que l'auteur voulait ou devait dire.

Le chapitre IV effleure la question des degrés de comparaison. — Aux trois degrés de signification reçus par la grammaire générale, le basque ajoute l'*excessif*. Ce degré est de qualité aussi essentielle que les autres. L'*Essai* ne le connaît pas ; encore sait-il moins les formes à nuances graduées que les suffixes et les interfixes élèvent sur ces quatre bases.

Les pronoms occupent le chapitre suivant. — Le verbe basque contient les pronoms personnels. Si le discours exige qu'on les exprime formellement, celui de la troisième personne, qui n'existe pas, est représenté, suivant la circonstance, par l'un des trois degrés du démonstratif, et quelquefois par le réfléchi. Ces procédés sont communs à diverses langues; le grec et le latin, entr'autres, reconnaissent dans le verbe la présence des pronoms personnels; quand ils doivent les rendre en forme, au lieu du troisième personnel qu'ils ne possèdent pas, ils emploient, le grec un réfléchi, le latin ses adjectifs démonstratifs. M. van Eys n'accepte pas cette disposition pour le basque; se taisant sur ses raisons, il oppose une méthode contraire et veut que le démonstratif du troisième degré soit un pronom personnel ; encore ne voit-on pas le motif pour lequel, dans l'ordre même de ses idées, il exclut les deux autres degrés qui remplissent cependant le même office et qui sont tout aussi indispensables. La manière dont se forme le pronom composé de la troisième personne aurait pu le faire douter de la bonté de sa théorie, il n'a pas su profiter de cet indice.

Il émet encore une opinion très-inattendue sur le singulier *zu* (vous), qu'il suppose avoir été à l'origine le pluriel de *hi* (toi). — Ce qui suit n'est pas moins surprenant. — D'après l'*Essai*, les désinences casuelles dans les noms sont des articles ; ce ne sont plus des articles quand on les applique au pluriel des pronoms personnels. — L'anomalie qui éclate entre les deux termes de la proposition avertissait l'auteur de l'étrangeté de sa spéculation ; il la trouve seulement remarquable. — Dans les langues néo-latines, l'article supplée la flexion déclinative, mais l'un n'est pas l'autre. L'article, tel que le conçoit la grammaire moderne, n'existe pas plus en basque qu'en latin.

De la réunion pure et simple du pronom démonstratif du premier degré au réfléchi et aux personnels des deux premières personnes résultent les composés, en sorte que les Basques disent *ce moi* pour *moi-même*, *ces nous* pour *nous-mêmes*. Ils diraient *ce de moi, ces de nous*, à en croire l'*Essai*, qui prétend que le composé est construit sur le génitif des personnels. — Quelques dialectes, il est vrai, ont, dans les composés, converti en *e* l'*i* et l'*u* des pronoms personnels, et c'est ce qui a donné le change à l'auteur ; mais les autres dialectes n'ont pas opéré cette mutation et laissent à découvert la contexture des composés : *nihau, guhau,* etc.

———

J'ai à peine parcouru une vingtaine de pages du livre sans m'arrêter à toutes ses défectuosités ; l'*Essai* en contient assez pour former la matière d'un volume. Dans notre temps où l'on est si pressé de produire, il arrive que les jeunes gens, amateurs des sciences, transforment en *Traités* les notes rapides, mal digérées et souvent fautives qu'ils recueillent dans un cours d'étude spéciale. M. van Eys nous donne un travail de ce genre, et j'admire la rare assurance de sa parole. De la chaire qu'il s'est improvisée, il distribue avec libéralité le blâme à l'exclusion de l'éloge, non pas précisément à ces élucubrations légères qui, dans les encyclopédies et dans beaucoup d'autres livres, faussent les vraies notions sur la langue basque, mais bien aux philologues qui ont bien mérité par des observations sensées ; et, particularité curieuse, la plupart du temps les fautes dont il les croit coupables ne sont telles qu'à ses yeux. J'ai été assez heureux pour que mon nom, malgré son obscurité, ait été mêlé à ceux de la pléiade savante. J'aurais tort de m'en plaindre ; je me bornerai à donner une idée des critiques de l'*Essai* par le spécimen suivant :

« Souvent, pour cacher ce que le fond avait de défectueux, on a entassé conjecture sur conjecture, et on a abordé les questions les plus épineuses avant d'avoir, nous ne disons pas aplani, mais examiné les difficultés les plus élémentaires.

« Prétendre, comme cela a été fait, que le pluriel aurait été *ak* précédant le signe du cas : *gizonakak*, *gizonaken*, etc., n'est qu'une pure conjecture; rien ne vient à l'appui de cette supposition. »

La censure, on le voit, est impitoyable et superbe. Elle s'adresse d'abord à tous nos grammairiens et finit par lancer un trait qui frappe l'auteur lui-même en pleine poitrine. Un des grands linguistes dont s'honore l'Europe et qui ne s'aventure jamais au hasard, avait observé que le dialecte de Marquina dit *gizonaak* (les hommes), et non *gizonak* comme ailleurs. (1) Il a fait connaître plus tard, qu'à Irun et à Fontarabie, on emploie les formes *gizonaken* (des hommes), *gizonaki* (aux hommes). M. H. de Charencey en a tiré la conclusion qui précède. Pour la combattre, M. van Eys conteste des faits irrécusables, et cependant il a été à portée de les vérifier personnellement. Afin de faciliter ses investigations futures, j'ajouterai que c'est dans les paysages environnant Irun et Fontarabie, plutôt que dans l'enceinte de ces villes, que se sont conservées les formes dont il est question.

Pour le moment, je ne m'étendrai pas davantage

(1) *Langue basque et langues finoises*, par le prince L.-L. Bonaparte.

sur l'*Essai de Grammaire basque*. Aussi bien n'appren-
dré-je rien de plus au lecteur sur le peu de sûreté des
connaissances de l'auteur en fait de langue basque. Le
premier travail de M. van Eys était comme l'efflores-
cence d'un esprit trop hâtif ; c'était aussi la manifes-
tation d'une bonne volonté que la persévérance à l'étude
pouvait rendre profitable à la science. La seconde édition penche vers l'esprit de système, écueil sur lequel
les intelligences médiocres restent tristement échouées.
M. van Eys a péché par excès de promptitude ; toutefois, il a fait preuve d'assez de perspicacité et de talent
pour nous laisser l'espérance qu'il saura se relever
d'un échec qui n'a en lui-même rien de définitif.
L'amour du vrai, la recherche de la lumière et un con-
trôle plus sévère des premières impressions le condui-
ront dans la voie où nous nous féliciterions de le voir
marcher.

Capitaine Duvoisin.

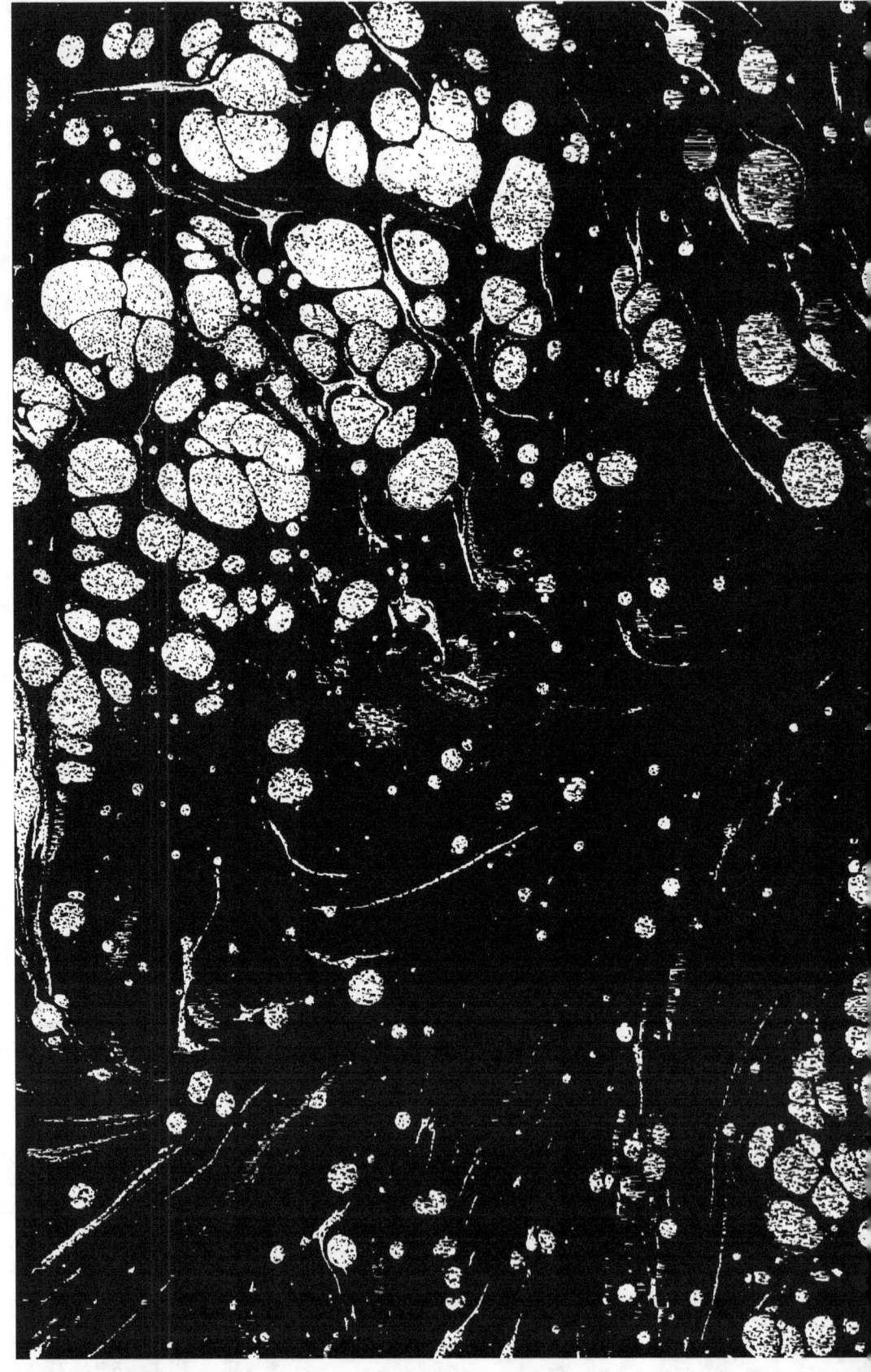

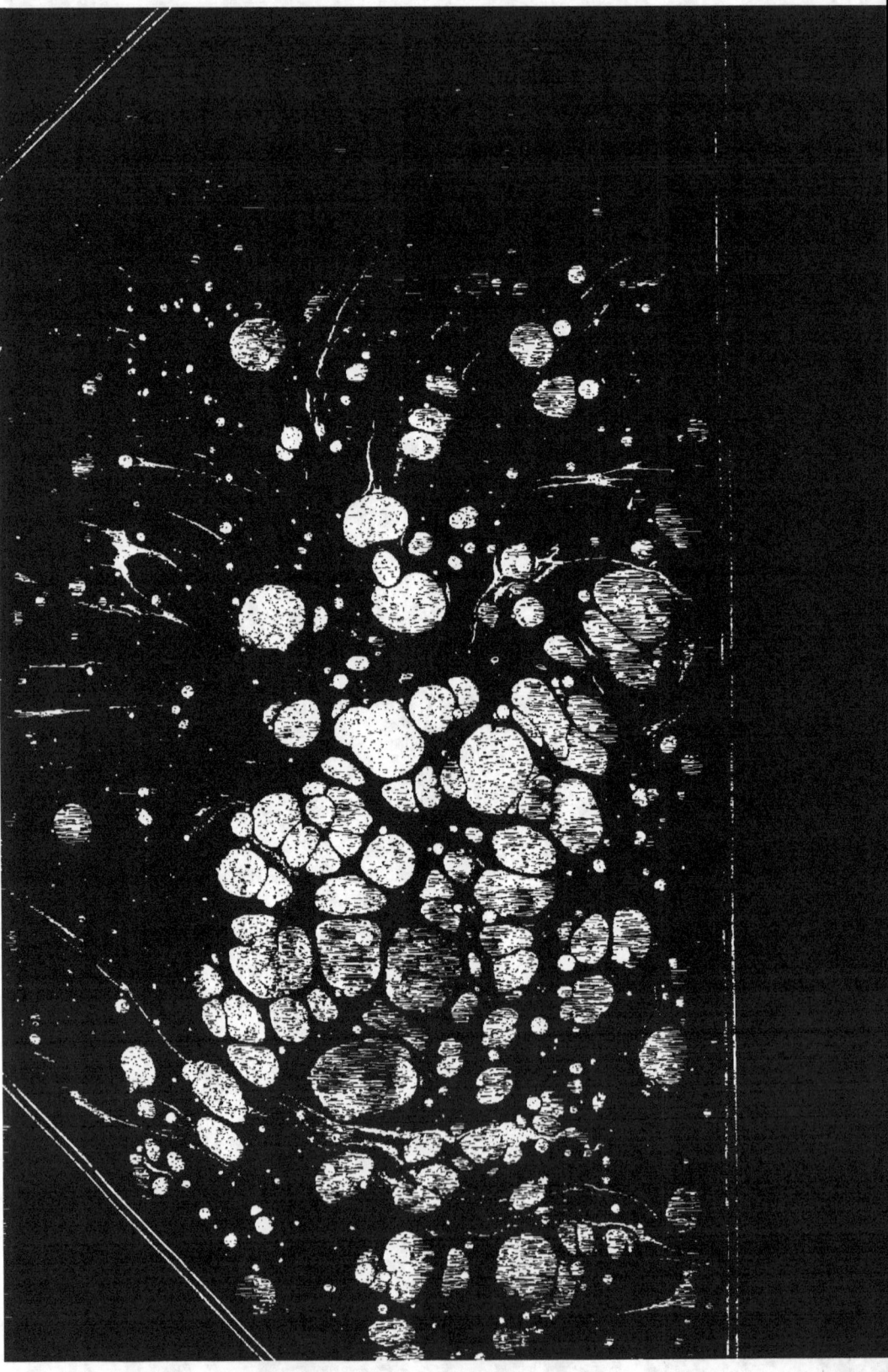

www.ingramcontent.com/pod-product-compliance
Lightning Source LLC
Chambersburg PA
CBHW072218210626

46818CB00014BA/2421